뿌리 나를 뒤적일 때

송병숙 시집

뿌리가 나를 뒤적일 때

달아실시선
49

달아실

일러두기

1. 본문에서 하단의 〉는 '단락 공백 기호'로 다음 쪽에서 한 연이 새로 시작한다는 표시임.

2. 보조 용언과 합성 명사의 띄어쓰기 등 본문의 맞춤법은 시인의 의도에 따른 것임.

구멍은 요람이자 무덤이다
구멍 속에서 태어나 구멍 속에서 허덕이다가 구멍 속으로 돌아간다
거대한 우주의 구멍,
이 지상에서
뿔이 나를 뒤적거린다
아프다
살아 있다는 증거다

2021년 12월
송병숙

차례

뿔이 나를 뒤적일 때

3부. 꽃 뒤의 꽃, 저 봉두난발

1부

어떤 뿌리가 나를 뒤적이는지

뿔의 기억

엑스레이를 통과한 코의 뿔은
슬픈, 구멍의, 변주였다
뼈대 높은 이상도 거만함도 사그라진
두 개의 작은 동굴
그 깊은 허공을 품고도 기쁨을 벌름거렸다
누군가를 찍어 내리기도 했다

거울을 코에 가져다 댄 날이 있다
뜨거운 김이 서리던, 콧노래가 흘러나오던, 햇살 통통
튕기던,
뿔의 흔적은 어디에나 편재遍在해 있었지만
한 호흡 다가가야 본질에 닿을 수 있었다

위풍 센 사랑방 기척 없는 할머니의 빈 뿔을 거울에 비
춰보았다
빳빳하게 풀 먹여 다듬이질한 무명 이불깃이 사각 소스
라쳤던가
설핏 스쳐도 소르르 냉기가 옮겨 붙던 삶과 죽음의 아
슬한 분계선에서

거울은 온 힘을 다해 쿵쿵 들이켰지만 한 가닥 숨길도
건져내지 못했다

구멍을 막아 구멍의 얼개를 흔들어보는 한 호흡

슬픔이 범람할 때면 날것의 뿌리를 세차게 흔들어본다
삶은 어떤 뿔로 기억되는지
어떤 뿔이 나를 뒤적이는지

돌의 호더스증후군
— 규화목

입을 벌린다
돌의 과거는 출렁이는 새의 날갯짓, 갓 태어난 짐승의
비틀거림, 흔들리는 나뭇가지 끝에 매달린 이슬방울
햇살은 바스러지고 무너지는 것들을 찾아다니며 붉은
도장을 쾅쾅 찍어놓는다

돌의 위장을 휘저으면
하늘 높이 솟구쳤다가 폭포처럼 쏟아져
바닥에 쌓이는 당신
비가 와도 바람 불어도 어디다 내다버릴 수 없는 절대
저장증

온몸에 갇힌 당신들이 아픈 손을 휘젓는다
정체성을 버린 나무가 그 손을 잡는다
시간이 토막 나고 기억이 토막 나고 뜨겁게 소용돌이치
는, 돌의 몸은
나무의 품에서 폭발한다

켜켜이 들어찬 당신

만남도 이별도 분별없는 혼돈 속에서

놀란 뼈들이 흩어져 우주의 중심을 흔들어놓는다

응고된 기억 속에

하늘과 땅, 뼈와 살, 빛과 어둠이 회오리친다

신에게 닿지 못한 나무의 체위는 물고기였다가 날짐승

이었다가

목구멍 가득 찬 사금파리

나무는 세포마다 돌의 살을 다져 넣고

제3의 성으로 다시 태어난다

인동초

휘감는 것은 뼈대가 없다
제 몸뚱아리마저 휘휘 감아 뼈대를 세우고 꽃을 피운
인동초
긴 손톱을 내밀며 한 생애를 묻는다

당신도 한번?

솜털이 보송송한, 눈치 없이 살가운
이 곡선의 담금질 앞에서
누가 어설픈 누대라고 고개를 젓겠는가

희게 붉게, 때론 노랗게 낯빛을 바꾸며
몸집을 불려나가는 인동초

매운 손끝에서 불똥이 튄다
뼈대 없이 혹한을 건넌 이마에는
노란 독기가 방울방울 꽃망울 졌다

극한을 버틴 만큼 뼈대가 굵어졌다는 거와

단단한 것만이 뼈가 아니라는 거와
속없이도 세상 하나를 점령했다는 거와

제 몸을 얽어 중심을 세우는 동안
웃자란 넝쿨손이 새 담장을 움켜잡는다
좋은 일도 나쁜 일도 작은 도량 같은 거라고
주춤거리는 두 발에 단단한 쐐기를 박아놓는다

햇살 좋은 봄날
꽃은 무슨 사명처럼 기어올라

스무 살 여자의 목덜미에서도
수백 살 분청자기에서도
나풀나풀 피어나고 있는 것이다

꽃, 나팔을 풀다

매듭이다
이 풀 저 나비 그 노파의, 떠나고 돌아오는 겹겹의 어디쯤
활짝 핀 찰나의 한 톨 불씨

앞길 가로막고 발목 휘어잡던 넝쿨손이 새파랗게 내지
르던,
밟히면 휘었다가 구부정 일어나 '나 아직 살아 있소' 벌
떡벌떡 부릅뜨던 눈,
끝내는 시들어 열망도 식어가겠지만 우리는 늘
한 마장씩 꽃을 불러내며 앞쪽으로 걸어간다

달팽이처럼 제 몸을 밀고 와 고구마줄기 다듬는 노파
서넛
연고도 없이 노점에 모여 이야기꽃을 피운다
빛깔도 향기도 연緣으로 묶이면 풍랑의 밤도 거뜬한 빌
미가 되는데
심지가 기울었다고 무릎이 휘었다고
꽃이 지났다고 하겠는가
〉

난장 바닥에 한 무더기 웃음꽃이 또 화르르 피었다 진다
몸은 어스름 쪽에 있지만 마음은 햇빛 쪽으로 기운 꽃
의 자세는
바튼 숨을 모아 자욱하게 피워 올리는 생의 마지막 꽃
터짐

나팔을 푼다

이 세상 살아 숨 쉬는 모든 목숨은 절정기든 쇠퇴기든
허공을 꽉 채운, 우주의 한 떨기 꽃이다
반나절이 지나자 양지쪽에 소복하던 꽃 무더기가 한 잎
두 잎
매듭을 풀고 흩어지는 중이다

유모차와 한 덩어리가 된 나팔꽃들이 팔랑팔랑 서쪽을
향해 걸어간다

침묵

물고기 한 마리 꼬리를 친다
꽁꽁 언 가슴이 출렁, 실금이 간다

놀란 듯 성난 듯 입을 쩍 벌린 채 화석이 된 물고기
활처럼 휜 등뼈와 참빗 같은 잔뼈 사이
육탈한 말의 뼈가 댕강댕강 미끄러진다

절명의 순간을 잡아챈 돌의 발톱

화석에서 붉은 새 한 마리 날아오른다
하늘과 땅이 뒤섞여 회오리치던 우주의 낭떠러지에서
공포로 떨던 한 줌의 목숨

어디서 와서 어디로 가는가
정적을 깬 물음에 바람이 인다

가슴을 옥죄는 절망 앞에서
검게 탄 말들이 까마귀 떼처럼 흩어지는 묵은 일기장
〉

쾅 뚫린 물고기의 눈알을 오래 들여다보았다

"신의 무답은 침묵이 아니라 고통을 나누는 것"*이라고
수십억 년 묵은 햇살이 구부린 등을 쓰다듬는다

금간 몸이 잠깐 따뜻하다

    .

* 엔도 슈사쿠의 소설 『침묵』 중에서.

돌의 발성법

두브로브니크 고성에선 돌도 윤기가 났다
모서리를 문지르면 기적이 되었다

사랑한다는 건 모음이 되는 것이다
아, 애, 이, 오, 우
목에 힘을 빼고 각진 곳을 문질러 둥그렇게 내지르는
따듯한 발성

역사는 자음에서 일어나 모음으로 진화한다

두 팔 벌리고 달려드는 코발트빛 아드리아해를 받아 안
으며
수천 년 다듬어진 성곽에 올라
나도 대리석 같은 여자가 되고 싶었다

구둣발에 닳아 본색을 잃는 무른 여자가 아니라
깎이고 깎여도 모음을 잃지 않는 여자
상처를 다듬어 보석으로 빛나는 여자
〉

성난 바람과 오랜 전쟁으로 무너진 성곽 안에 앉아
우윳빛으로 빛나는 여자들 틈에 섞여
아, 애, 이, 오, 우
돌의 발성을 되뇌어본다

거미

이율배반의 외줄을 탄다
먹이를 얻기 위해 제 몸부터 옭아맨 거미

하루 양식에 독침 바르고
저 안의 저에게 말 거는 저녁
허공을 견디지 못한 거미가
제 몸을 매달고 낮은 곳으로 내려온다

타오르는 욕망을 슬픈 척 감춘 거미의 눈망울엔
선도 악도 흔적 없다

바람이 도토리묵 채처럼 썰린다
햇살이 마른 국수가닥처럼 부러진다
보이지 않는 올가미에 걸려
휘청거리는 목숨들

이기적인 사람일수록 엄살이 심하듯
글 또한 얼마나 위선적인가
〉

제 몸 헐어 엮어놓은 거미의 빈집
움켜쥔 한 올 한 올이 허공이다

만개滿開

띄어쓰기를 무시한 사랑은 아문 자국도 풀빛이다
만개한 사랑 앞에 말문이 막힌 나는
쉼표처럼 멈춰 섰고, 한 타 한 타 물러섰다

버들가지 노란 속내를 들춰낸 강바람은
햇빛 화살을 흔들어 온 섬을 파릇파릇 일으켜 세운다
혼신을 다해 부르짖는 환희의 함성

나무의 시계에 '내일'이라는 가정은 없다
달 차면 거친 숨을 훅훅 뿜어내다가
폭죽처럼 터트려
섬과 섬 사이를 경중경중 뛰어다닌다

봄 한철 버드나무는 장렬하다
꽃가루는 오르가슴을 참다 못 해 누우 떼처럼 뛰어들고
물살에 휩쓸려가면서도 머뭇거리는 청춘을 새하얗게
비웃고 있는데
　책갈피 속 중앙분리대에 걸린 꽃들은
　콧물 재채기만 뿜어댈 뿐,
　〉

미친 연애는 한철 회오리 같아서 폭풍 이후를 알 수 없
지만
만개한 오늘은 단 한 번의 축복이어서
섬 섬마다 날것들을 폭죽처럼 일으켜
뜨겁게 떼창 부르고 있다

'같다'와 도롱뇽

도롱뇽은 상상한다
잘려나간 것은 일회용 부품이다
겉치레를 위한 장식품일 뿐이다

모든 신경세포가 상처 부위에 쏠려 있다
상상으로 귓바퀴가 돋아나고 꼬리가 자라나고 멈추었
던 심장이 다시 뛰는
무한재생시대
이제 유일한 건 없다
장기도 관절도 정신도 마침내 영혼마저 일회용이다
반려견도 피붙이도 제 목숨마저 싹둑, 토씨 자르듯 끊
어버리는
인공만능시대

포스트잇처럼 쉽게 붙였다가 뗴었다가
얼굴색을 바꾸며 흥얼거리는 형용形容의 헛말
'같다'는 그러니까 플라스틱 증후군,

하수만이 적을 만든다
〉

흑백의 경계에서 어정거리다가 위급하다 싶으면 가차
없이 꼬리를 내려치는 임기응변에 옳든지 그르든지 맞장
구만 치던,
'같다'

구둣발에 밟히던 날
몸부림치던 몸통이 저만치 달아난 후에야
자기가 일회용 꼬리라는 걸, 뼈저리게 깨닫는다

슴베찌르개

슴베찌르개가 꿈틀거린다

원초의 야성을 숨기고 수천 년 같은 자세로 웅크리고
앉은
퀴퀴하고 비릿한 돌조각

구석기에서 신석기로
씨족에서 부족으로 뻗어나갈 때
너무 뻗치거나 오그리지 않으려고 애를 쓰며
다부지게 움켜쥐었던

돌창, 돌칼, 돌도끼…

천둥 치고 앞산이 벌겋게 일어설 때도
짐승이나 물고기를 잡고 가죽을 꿰어 살림을 일구었던,

뼈와 살점이 떨어져나가고 결속이 무뎌질 때도
정강이뼈를 세워 정곡을 향해 몸을 날렸던,
〉

돌의 심장은 한 종지 노을처럼 검붉다

모든 영광이 그렇듯
조명등 꺼진 박물관 진열장 안
슴베찌르개가 울퉁불퉁 깎여나간 손바닥을 조심스레
내민다

몸을 돌려 그 앞에 선다

막돌처럼 버려진 이가 누구인지
아무도 먼저 묻지 않았다

퍼즐놀이

죽은 동창생에게서 초대 문자가 왔다

생애 처음 화환 속에 묻힌 그가, 열적은 얼굴로 조문객을 맞는다 우리는 악수 대신 국화꽃을 쥐어주고 퍼즐상자처럼 엎드렸다

차려놓은 음식상은 초라하다

사람들은 플라스틱 숟가락과 나무젓가락을 비벼 빛바랜 퍼즐조각을 하나씩 꺼내놓는다 어디선가 꽃을 피웠거나 빙벽을 이뤘거나 더러는 증발하기도 했을, 흩어진 조각들을 한데 모아 웃음꽃을 주고받는 서늘한 파티

우리는 늘 지나치고 나서야 주머니를 뒤진다

백발이 돼서 만난 동창들은 얼굴에 이름을 맞추느라 먼 학교운동장으로 달려나가고 인삼농사로 수억 벌었지만 무슨 소용이 있느냐는 둥, 회장 자리가 비었으니 네가 맡으라는 둥, 술 담배 끊고 자주 만나 밥이라도 먹자는 둥,

지키지 못할 술잔을 부딪치고 엉덩이를 털면

　퍼즐 판에 피어나던 망자의 그림자도 또 다른 문상객들 틈에 끼어 새로운 퍼즐을 시작하는 것이다

　장례식이 끝나도 완성되지 않을 이승의 마지막 퍼즐놀이

빗살무늬토기

후두둑, 소낙비가 흙먼지를 일으킨다
날개 없이 떨어지는 빗줄기를 온몸으로 받아내다가
단호하게 되받아치는 결연한 몸짓
밑살을 드리운 토기가
물결무늬 생채기를 밀어내고 있다

화덕에 걸었을까 공중에 매달았을까
밑동의 쓸모를 그려보는데
죽죽 그어놓은 빗금이 맨살에 옮겨 붙는다

살피듬에 피어오르는 인류 최초의 물음

누군가 맨 처음 빗살을 떠올리는 순간
침을 삼키고 숨을 멈춘 후
차고 탱탱한 흙살에 막, 손대었을
몸 안의 소년, 경이驚異와 숭배

힘을 실어 앞으로 당기는 순간
송글송글 배어나왔을 선홍빛 살점
〉

빗살무늬가 나에게 종종 손을 내민다

핏물이 자박자박 차오를 때
맨살로 가시덤불을 엉금거릴 때

밑동에서 시작된 무늬들이 뼈 안에 뼈를 세우고 있다
빗금과 빗금 사이 영혼의 불 뜨겁게 지피고 있다

'싶다'의 방향

'싶다'는 물의 방향으로 기운다
버들가지 물오른 우듬지 끝이거나 제비꽃 연보라 대롱 안

그러니까 꽃은 '싶다'의 절정
뜨거운 물의 외연

청둥오리가 물의 몸을 쓰다듬는다
물갈퀴 사이 두 개로 나뉜 물은
동글동글 대면하고 그물처럼 얼크러지지만
생채기 없이 서로의 손을 놓는다

격자무늬로 꺾이거나
낭떠러지로 떨어질 때
돌사닥다리*에 걸린 물은 방향 없이 튀어 오른다

슬픔을 데리고 길바닥에 주저앉으면
외양을 바꾼 물은 흔적 없이 증발하고
바큇자국에 오래 머물러 있으면
거품이 부글거리거나 날벌레가 꼬이는

36

'싶다'의 배후

꽃 피면 대낮이 되기도 하지만
열쇠구멍만 한 희망에 매달려 타인의 발목을 부러뜨리거나
제 목숨을 시시각각 위협하기도 한다

멈추지 않는 '싶다'
방향을 바꿀 뿐, 늙거나 죽지 않는다

* 돌이나 바위가 많아 매우 힘한 산길을 사다리에 비유하여 이르는 말.

안과는 중의적이다

"극우파시네요"
난데없이 당색을 논하자는 말인가

공명정대한 일처리 편견 없는 냉철함
진보 보수 치우치지 않는 균형감
수십 년 지켜온 말뚝에 갈고리를 건다

시키는 대로 손가락을 동그랗게 말아 왼쪽 눈에 대고
코앞에 세운 다른 손가락을 보니 오른쪽 눈으로 멀쩡하
게 보이던 손가락이 흔적 없이 사라진다

아뿔싸, 가슴이 철렁하는데
요즘은 극좌도 극우도 넘쳐나지요 의사가 농을 건넨다

정상이 아니라는데 위로가 되는 이 비정상의 심리

음식을 씹을 때도 칼질을 할 때도 오래 서기 할 때도 옳
은 편에 섰더니
눈물이 고여 넘치는 쪽도 오른편이다
〉

고단한 오른편, 퇴화하는 왼편
반성도 의심도 없이 순응했던 편향의 파편들

뒤늦은 후회로 거울 앞에 서니
눈앞에서 사라진 손가락이 옹벽에 구멍을 뚫는다

2부

구멍의 힘으로

기도, 구멍의 힘
— 구멍 1

　오늘은 감춰두었던 구멍 하나를 들춰 보았다
　몸을 옹크린 못들이 찌그러진 대가리를 싸안고 얼크러져
있다
　구멍에서 구멍으로 쏠려 다니는 신음소리
　정수리를 얻어맞을 때마다 발길질을 하던 못 구멍 속에는
　얼떨결에 삼켜버린 황당함과 분함과 억울함이 콜타르
처럼 뭉쳐 있다
　구멍이 자라면 무엇이 될까
　중심이 휘둘릴 때마다 간절하게 매달렸던 기도 하나가
　목구멍에 걸려 벌겋게 녹슬어간다
　남을 치려면 먼저 두들겨 맞아야 하는 못의 운명처럼
　미움은 뿌리부터 벌겋게 성이 나고 마는데
　너는 몹쓸 병을 견디느라 퉁퉁 부은 얼굴로 억지웃음을
짓는다
　두 손 두 발에 못 박힌 채 부활하신 구멍의 기적
　나는 캄캄한 기도를 눈물에 적셔 엉엉 되돌리는 중이다
　네가 바치는 기도와 내가 바치는 기도가
　숭숭 뚫린 못자국을 밀가루반죽처럼 되돌릴 순 없어도

터널처럼 자란 구멍의 힘으로 어제의 너를 놓아주리라
믿는다

오늘은 정말 너에게 해줄 게 없어서

보자기처럼 팔을 벌려 벌건 못대가리를 고요히 감싸 안
을 뿐이다

폭포 앞에서
— 구멍 2

송연묵* 한 방울 유리병에 떨궜다
오래 묵은 향나무처럼 심지가 생겼다
몸을 태워 만든 노송의 그을음이
물의 손을 뿌리치고 캄캄하게 곤두선다

석양이 붉은 몸뚱이를 폭포 위에 내던지는 순간
한 줄기 심지가 물의 살을 헤집고 가라앉는다
불을 껐던 폭포도 풍등처럼 달아오른다

타고 남은 뼈가 걸어가는 길
매화가 피고 절벽이 열리고
줄기줄기 쏟아지는 폭포는
푸드득 푸드득 새가 되어 날개를 편다

무지개로 흩어지는 물방울 깃털들
웅덩이가 팔을 벌려 부러진 뼈를 받아내는 동안
물의 몸도 퍼렇게 물들어간다
〉

심지를 지키고 산다는 말
먹물 같은 밤을 품었다는 말

물의 가슴을 들치면
뼈와 살을 까맣게 물들였다가 다시 하얗게 몸 일으키는
꼿꼿한 물의 정신이 보인다

* 노송(老松)을 태울 때 생긴 그을음에 아교와 기타 약품을 섞어 만든 먹이 송
  연묵(松烟墨)이다. 오랜 세월이 지나면 점점 청홍색을 띤다.

새
— 구멍 3

새 한 마리 갇혀 있다 길을 잃었다

날개가 덫이 되는 날 화랑에는 아침부터 바람이 일었고
뿌리 없는 먼지들이 천장으로 떠올랐다 새가 갇힌 전시장
은 모서리가 자라났고 앞만 보고 날던 새는 돌아볼 줄 몰
라 눈이 멀었다

새에게 출구란 없다

할 수 있는 일이란 본능대로 나는 시늉만 하고 있을 뿐,
바닥에 앉아보고 천장도 두드려 보지만 벽은 점점 앞을
가로막을 뿐이다

겁에 질린 새는 방향도 잃고 자신도 잃었다

새는 하루 종일 생각 없는 새가 되고 배고픈 새가 되고
불쌍한 새가 되고 날갯짓을 그만두지 못하는 새가 되었
다 하늘을 갖지 못한 새는 이름을 버리고 공포에 떠는 한

마리 짐승으로 추락했다

　보이지 않는 밧줄이 숨통을 조이는 화랑

　푸른 하늘과 초록 날개가 채집된 액자 속에는 작은 짐
승 한 마리 분주히 펄럭이고 있다

뻐꾹나리
— 구멍 4

1
나의 초성은 뻐꾸기

두 볼 발긋발긋한 연지
간지럼 타며 기어오르는 달팽이다

햇살은 목덜미에 닿아
순한 아기처럼 벙긋거리고
감사함 외에 더 구할 것이 없는 아침
한 채의 평화가 대낮 같은 집을 짓는다

목을 늘여 햇살 줍는 수컷의 콧등 위에
사랑을 방해하지 않는 꽃받침의 흥얼거림

뜰 안 가득 뻐꾹 향기 그물을 펼칠 때
뭉게구름이 앉았다 가는 작은 웅덩이에는
소금쟁이 혼자서 미끄럼을 탄다
〉

2
나의 중성은 백합

꽃의 작전은 치밀했다 암술과 수술은 높낮이를 바꿔가
며 씨앗을 맺고
소금쟁이는 물위에 뜨기 위해 발바닥에 기름칠하고 한
곳에 오래 머물지 않았다

달빛 부서지듯
닿소리로 시작된 꽃차례는
씨방 속에 쟁여놓은 바람을 묶어놓은 봉지처럼 툭툭 터
트린다

3
나의 종성은 꽃필 차례,
내 안의 네가 완성되는

결박
— 구멍 5

그렇게 나를 내버려두고 병실 문을 반쯤 닫았을 때 나는 으르렁 달려가 네 뒤통수를 후려치고 싶었다 코와 입을 틀어막은 인공호흡기를 모두 뽑아버리고 너의 멱살을 휘어잡아 내동댕이치고 싶었다 하지만 나는 울며 매달릴 수도 후려칠 수도 없다 몸부림칠수록 휘감기는 링거 줄과 쇠침대 네 기둥에 묶인 팔다리 삼손처럼 기둥뿌리를 뽑을 수도 파도처럼 몸을 뒤집을 수도 없다 이른 새벽 출장길에 들른 면회시간 힘겹게 들썩이던 너의 입술과 너에게 닿은 나의 눈길이 수천 마디의 말을 대신한다는 걸 적막을 밀치고 불쑥 일어서지도 돌아서지도 못한 채 엉거주춤 가죽만 남은 내 얼굴을 부빌 때 이젠 나를 풀어달라는 말을 알아듣고도 '어서 나아서 집에 가야지' 말끝을 흐리던, 나는 안다 야간운전으로 수천 킬로미터를 달려와 짧은 면회를 끝내고 간병인들이 쪽잠 자는 대기실 한 귀퉁이에서 새우처럼 옹크리고 새벽을 기다렸다는 걸 오늘은 또 달려온 만큼 달려가야 한다는 것을, 허나, 내가 갈 길이 네가 갈 길보다 길지 않다는 것을, 그러니 처음으로 애원한다 이젠 나를 놓아다오 이 시린 철창과 끝없이 가라앉는 낭

50

떠러지에서 어떤 온기도 움직임도 없는 이 깊은 수렁 속
에서,

　페이드아웃, 암전이다

　수십 년 알아듣지 못했던 엄마를 이제야 풀어놓는다

자라
― 구멍 6

그녀의 숙명은 납작하다
온기 없는 울화는 척추 측만증
홀로 깨어 있는 밤에는
평평한 등을 모로 세우고 아득한 경계를 기어오른다

티벳 설산을 향한 구도자의 오체투지처럼
발톱에 피가 맺힐 무렵 그녀는 고무다라를 뛰어넘는다

별빛보다 외로운 밤
바닥에 뒤집혀 등가죽이 벗겨지도록 몸부림치다
기진한 슬픔이 흘러내릴 때
그 힘으로 고개를 쳐드는 자라

동절기가 고단하게 깊어간다

결가부좌한 뒷마당 돌 틈에서
안부 전화 한 통에 허둥거리다가
부러진 다리를 끌고

죽을힘을 다해 문지방을 기어오르던
내 늙은 어머니가 고무다라 속에서 고개를 내민다

떡
— 구멍 7

먹방을 본다

좋아요 놀라워요
식탐도 없이 게걸스럽게 구겨 넣는

인간의 극한은 어디까지일까
얼마만큼 부풀어야 터져버릴까 1박2일 궁금한
잔인한 클릭질

떡에 관한 고전은
자는 척 돌아누운 귓가에 죽 그릇 빈 바닥을 박박 긁어
대는 금속음의 낭떠러지

고깃국에 하얀 이밥 밤 대추 듬성듬성 박힌 백설기 손
뼘만 한 시루팥떡 꿀 바른 주왁*
사람이 떡을 먹다가 떡이 사람을 먹은 이야기

축구공만치 탱탱한 배를 싸안고 발버둥 치며 뒹굴던 다

섯 살 옥이*
　주린 설움이 뼛속에 사무쳤던 우리 조상들의 이야기

　21세기에 되살아난 옥이는
　씨종처럼 아기씨처럼 부추기는 클릭 앞에서
　쓰레기통인 양 음식을 입안에 쏠어 넣고 있다

　먹을 것이 넘쳐나도
　채워지지 않는 이 시대의 허기

　가학과 자학의 야합으로
　먹다가 먹이다가 허기에 체해 사경을 헤매는
　먹방의 노예들

* 김유정의 단편소설 「떡」 중에서 변용.

터치
— 구멍 8

말이 달려온다, 터치
새끼 친 말이 다시 말달린다, 터치
회오리치는 말들의 질주
새빨갛게 억눌렀던 말들을 톡 마당에 질펀하게 쏟아놓고
말은 달린다

꽃바구니 한 개 날아든다
더 큰 꽃바구니 하나 날아든다
꽃바구니가 꽃바구니를 부르며 더 크게 더 강렬하게,
축하가 터진다 와르르,
산화한다

말도 공짜 꽃도 공짜
축하가 길어질수록 놓친 말도 없던 말도 한 마디씩 던
져줘야 말빚이 탕감될 것 같은
이 묵직한 채무감

축하는 없고 축하의 말만 떠도는 공허한 말의 굿판
〉

톡의 후유증은 난지도라서 말 찌꺼기가 게 껍데기처럼
쌓여간다

터치가 그리운 시대
허기진 영혼들 빈집 같아서
진동이 울리면 부리나케 달려가 다시 터치, 터치,

우리에겐
알고도 저지르는 일 얼마나 많은지

애면글면
— 구멍 9

성묘 왔다 간다
한 끼 식사도 함께할 수 없는 코비드 시대
다 저문 저녁 메시지 한 줄
언 돌멩이보다 차갑다

얼마나 성화가 났을까 엄마는
방동개울을 끌어안고 가는 북한강처럼
차표 한 장 뒤늦게 끊어 들고
서울 가는 버스 뒤를
고무신이 벗겨지도록 달렸을 거다

먼 데서 온 사람을 어찌
빈속으로 보냈냐고
혀를 찼다가 책을 했다가

한 말 하고

또 하고, 생시처럼

뜨덕국
— 구멍 10

앉은뱅이책상에 앉아 숙제장을 펼치면
막장 끓는 냄새 샛문 틈으로 들어오겠지

멸치 꽁다리 하나 없는 오늘 저녁도 뜨덕국이야
밍밍하고 물컹한 배춧국은 우리들의 범사야
기쁘지도 슬프지도 않은 일용할 은혜야

사시숟가락을 내려놓고 명치끝을 문지르면
아버지는 일부러 식은 보리밥을 한 숟갈 말아 드시며
언 배춧국이 참 달다 하시겠지

꽃이 참 이쁘지 물 위에 그리는 비꽃
바다에 부딪혀도 금세 잇몸 활짝 열어 보이는

뜨덕국 한 그릇에 언 몸을 녹인 가족들은
숭숭 뚫린 대낮을 벗어놓고 겨울밤을 곤하게 늘이고 있
겠지
〉

저녁상을 물린 엄마는
해진 양말이나 내의를 꺼내 터진 틈을 꿰매고

우리는 등잔불 건너편에 앉아
거스러미 진 손끝에서 하나씩 메워지는 식구들의 구멍을
마술처럼 바라보겠지

회전문에 들다
— 구멍 11

청평사 회전문에 올라섰다
절은 멈추고 뒤쫓던 길은 종루 앞 돌계단에 상사뱀처럼
머리를 곧추 세우는가 싶더니 금세 독기를 빼고 구불텅구
불텅 드러눕는다

섣달그믐 저녁 햇살이 오봉산 정수리에 걸쳐
산의 붉은 이마가 성화처럼 환하다

문턱을 넘은 나도 잠깐 그러했으리라

산은 제 그림자에 파묻혀 적막한데
누각은 열린 문짝만 한 바깥 풍경을 잡아당겨
안팎을 남남처럼 나누어놓는다

버리지 못한 욕망 또한 그러했으리라

구멍이 때론 매파다
대웅전 안은 부처의 발톱도 보이지 않는데

어그러진 문짝이 미농지 같은 바람을 삐걱삐걱 빨아들
이고 있다

전각문을 여닫는 동안
구멍은 함몰이자 돌출이라고
낯빛을 바꾼 산이 어둑어둑 등을 떠민다

골바람이 마당 끝 층계까지 따라와 앞을 막는데
절은 손을 내밀지도 내치지도 않는다

들고 나는 것, 구멍의 일이 아니었다

숭숭, 아프다
— 구멍 12

나는 그렇게 하지 못했다
중환자병실 문을 닫을 때까지 등 뒤에 꽂히던 긴 눈길
을 알아채고도 희망 같은 걸 수혈하지 않았고 너덜거리는
욕창을 보고서도 입을 열지 못했다

먼 타국에서 다급하게 불러대던 자식의 손도 잡아주지
않았고
자식을 잃은 아비의 절망도 묻지 않았다

나는 내가 두렵다

하려고 해도 하지 못한 일
하려고 해도 할 수 없는 일
하려고 하다가 하지 않은 일
해보려고도 하지 않은,

수많은 길들이 쓰나미처럼 몰려오는 밤
〉

누군가 내 이름을 불렀을 때
오로지, 내 이름을 부를 수밖에 없었을 때

아무 것도 할 수 없는,
아무 것도 하지 않은, 나는
버둥거린다 늙은 짐승처럼

뼈와 살마저 숭숭 구멍 뚫린
구멍 이전으로 다시는 되돌아 갈 수 없는,

수많은 구멍 앞에서, 절망 앞에서

전원주택
— 구멍 13

  당신의 안쪽이 궁금했지요

  찔레나무 넝쿨이 잡풀들과 엉켜 옷자락을 잡아당기네요 다가가는 일은 작정 뒤의 일이어서 거미줄도 길목에 쓰러진 나무토막도 앞을 막진 못하네요

  길을 열고나면 금세 막아버리는 것이 칠월의 관습인 듯 숲은 자주 문을 닫네요

  가시넝쿨은 절정으로 치닫기 위한 복선이기에 삶과 죽음이 어우러진 당신의 앞마당엔 얼개미취와 개망초가 햇살을 튕기며 반색을 하네요

  목단꽃을 좋아하던 엄마도 이젠 망초꽃을 피워놓고 보네요

  술잔을 올리고 우리는 소풍인 듯 둘러앉아 음식을 나누었지요

  성씨뿐인 여인들, 어떻게 생겼을까 어떤 삶을 살았을까 막 그리워지는 순간

  자궁 깊은 곳에서 울컥, 뜨끈한 넝쿨손이 쏟아지네요

  방방곡곡에서 모여든 성씨들이 섞이고 섞여 우성으로 살아남은 넝쿨손,

초록 비린내가 후끈, 덮쳐오네요

　본 적 없고 아는 것 없어도 넝쿨들은 서로 얽혀 너울너울 일가를 이루었네요

　꽃이 피네요 새가 우네요

　둘러앉은 얼굴 꽃에서 당신들이 산들산들 깨어나네요

　당신의 안쪽, 우리의 바깥이었네요

비
─ 구멍 14

지금은 너에게 가는 모든 통로가 그믐이다 너는 계단을 내려가 바닥에 눕고 금계화가 흐드러진 둑방을 향해 고개를 쳐든다

주차장을 지나 사거리 신호등을 향해 걷는 동안에도 사흘 전에 개업한 카페가 유리창 속으로 젖은 얼굴을 자꾸 잡아당긴다

목련은 뾰족한 입술 끝에 속엣말을 몽실몽실 뱉어놓았다 너에게 가는 길도 잠깐 화색이 돌았다

이국의 허름한 병실에서 너는 캄캄한 섬이다 고열에 시달리며 울어도 나는 너에게 가는 법을 모른다 너는 공포에 떨고 나는 두고두고 허공에서 뛰어내린다

자동차가 빵, 클랙슨을 울린다

보이지 않는 것은 사라지지도 않는 것이어서 건널목 앞안경점이 신호를 기다리고 있는 너를 몇 번이나 삼켰다뱉는다

너는 분분히 쏟아지고 바닥에 고이고 나를 밟고 오래적신다

〉

구멍마다 보이지 않는 것들을 무장무장 길어 올리는 밤
너에게 가는 길은 너 아닌 것이 없다

톡, 빨간 털장갑을
— 구멍 15

동강난 말이 나풀나풀 날아든다
깃털 하나 날렸다고 꽃잎 한 장 주웠다고

찢어진 날개처럼
비틀거리는 말의 투호

허기진 귀에 털모자를 씌워주고 싶다

이름 석 자 던져놓고 요란을 떠는 가녀린 심지 뒤
지켜보던 손가락 몇
꽃바구니 하나 긁어다 적선하듯 내던진다
축하해, 빚진 품앗이를 끝내고
가볍게 자리를 뜨는 헛말의 축제

수백 명이 모여 앉은 단칸방은
자랑과 맞장구와 아귀다툼으로
24시간 성업 중인데
(사실 그것 빼놓고는 할 말 없는 사이지만)
〉

귀 한쪽 열어놓고 피 흘리는
신경이 곤두서면서도 자리를 뜨지 못하는
뻔한 줄 알면서도 부리나케 달려오는,

시린 영혼들에게
빨간 털장갑을 한 켤레씩 선물하고 싶다

마스크
— 구멍 16

천오백 원을 주고 표정 하나를 지웠다

얼굴 없는 그림자가 전철을 타고 건널목을 건너고 핸드폰을 만지작거린다 말 수도 줄이고 숨도 아껴 쓰면서 데면데면 돌아선다

마스크는 고요한 창槍

기억을 도려낸 망각의 칼날

나에게 손 내민 저 얼굴 나는 알지 못한다

웃음도 설렘도 거세된 무채색의 거리

마스크가 떴다는 소문이 돌면 하던 일을 버리고 새치기를 했고 악다구니를 부렸다

눈이 마음의 창窓이란 말은 거짓이다

미소를 며도 입꼬리를 실룩거려도 눈빛만으론 그 저의를 알 수 없다

위선과 이율배반의 가림막

눈동자만 남은 세상은 경계심으로 가득하다

입안이 부글거리자 표정을 참지 못한 사람들이 거리로
뛰쳐나왔지만 한 번 무너진 표정은 다시 피어나지 않았다

확진 통보를 받은 지구가
우주를 떠돌며 몇 해째 쿨룩거리고 있다

자가격리
— 구멍 17

페인트칠이 군데군데 벗겨진 창문 옆엔 붙박이장이 사열을 받는 병사들처럼 서 있다 읽다 만 책들은 양팔을 늘어뜨리고 원탁 위에 엎드려 있다 조립식 철제 옷걸이가 후줄근한 어깨를 다독이는 동안 반 남은 인공눈물과 구겨진 약봉지가 침대머리에 뒹굴고 있다 홈쇼핑에서 구입한 립스틱이 화장대 구석에 박혀 있고 먼지를 뽀얗게 뒤집어쓴 향수병이 뒷줄로 물러나 있다

까치가 울고 하얀 망사커튼이 펄럭이고 재스민 샴푸 향이 방안에 퍼지는 동안 베고니아 꽃잎이 붉게 타던, 전신거울이 두 팔을 벌리고 제 품 안을 조용히 들여다보고 섰다

데스 매치
— 구멍 18

먹잇감을 당당히 노려본 적 있나 견성을 그치고 단칼에 내려친 적 있나 죽이지 않으면 죽고 마는 절체절명의 싸움판에서 칼 뽑아본 적 있나 목숨 던진 적 있나

시위 한 번 당겨보지 못하고 단풍 드는 시간 깨끗한 패배가 비겁한 계절을 비웃고 있네 뒤늦은 대진표에 사심을 걸어보지만 독과 약은 먹는 양의 차이라서

자주달개비는 파랗게 입술을 깨물고 인동덩굴은 개암나무를 휘어 감고 비바람 속에서 휘청, 암흑이다

아우슈비츠 감옥에선 가스실로 들어가며 주기도문을 외우기도 하고 끓는 방에선 아기를 안고 고통을 견디던 어미가 끝내는 자식을 바닥에 깔고 올라갔다고도 한다*

생의 한판 승부

밑바닥이 깜깜하다

* 빅터 플랭클의 자전적 에세이, 『죽음의 수용소』 중에서.

3부

꽃 뒤의 꽃, 저 봉두난발

꽃 뒤의 꽃

꽃 진다
한철 눈물겨운 만화방창이더니
누가 후려친 듯 뛰어내리는 저 봉두난발

꽃은 멸滅이자 생生
재채기 하듯 하르르 하르르 경계를 허무는 꽃의 종말은
난분분 터져버린 빛의 상형문자
부화한 수억 마리 나비 떼가 날개를 반짝거린다

가슴 쿵쿵 치며 쏟아져 내리는
저 꽃 뒤의 꽃

꽃의 환골탈태는 마지막 고해성사처럼 비장하다

씨앗은 야물고 과육은 달다고
이름을 앞세운 꽃은 무대 뒤에서 적멸에 든다

가쁜 호흡을 멈추고
행렬을 이탈한 나비들이 다시 얼개를 풀고 흩어진다

꽃잎을 받아 안는 일은 한 생을 기억하는 일이어서
꽃의 파문은 짧고 격렬하다

바람이 불자 꽃잎이 다시 달리기 시작한다
한 번 사라지는 것은 영영 사라지는 것이 아니라는 듯
잠깐 뒤에 조금 더 달려나간다

그가 누웠던 자리 옻오른 살처럼 벌겋게 부푼다

압화壓花

함몰된 시간이 발굴되었다

꽃을 거꾸로 돌리면 '춮'
'춮'의 과거는 분홍
책갈피에 묻어둔 두근거림은 반딧불 같아서
'춮'을 들췄을 땐 밑줄 친 분홍도 야위어
꽃이라는 이름이 무색했다

'춮'의 몸피로 갈아입은 꽃
어떤 '춮'은 들추는 것만으로도 페나*가 된다
마른 정강이뼈를 더듬어 흩어진 영혼을 불러 모으는

심장은 얼룩지고
기억은 왜곡되고

믿지 않겠다 꽃의 밀어
시계는 두 번의 '춮'을 가리키며 묵언 중이고
미라는 한 번의 '춮'을 가리키며 묵상 중이다
〉

내일을 위해 미뤄둔 오늘이
최고를 위해 참아온 최선이
마모된 '춖'을 붙들고 묻는다

꽃이라는 집착
원하는 순간 꽃을 잃었다

*잉카족의 악기로 망자의 정강이뼈로 만들었다고 함.

구름 일기

    나는 모여드는 중이었어 흩어지는 네 곁으로 한 방울씩 다가가는 중이었어 낙엽이 쏟아지기 전에 찬바람이 부는 것처럼 네가 달려오기 전 들판이 급하게 뛰어오고 있었어 늦게야 보았어 페달을 밟으면 거미줄이 분홍분홍 부풀었어 솜사탕 같은 생각이 하늘 당나귀로 달려가고 변두리가 사라졌어 그건 뭐라고 할까 십자가 위 인간 예수의 외로움 같은 거였어 구멍이 뚫리자 전설의 남자들이 뻐끔뻐끔 피워 올리던 연기도넛이 되는 거야 끓는 기름에 뛰어든 얼음덩이처럼 성질이 바뀐 허무만 튀어 올랐지 얼마만큼이었을까 머리 위로 목화송이가 피어올랐어 엄마가 돌아왔구나 가끔 누군가 부르면 언제든 곁에 와 있다는 걸 알았어 마음 안에선 모든 게 그렇게 나고 사라져

    산은 삶을 벌려 묵은 얼음찌꺼기를 녹이고 있었어 숯가마 앞에서 다리를 벌리고 앉은 할머니들처럼 자궁은 퇴화된 사막이었지 풀뿌리를 적시던 시냇물이 할머니를 거울 속에 빠뜨렸어 새들이 사라지고 바람소리가 사라지고 자동차소리도 사라졌어 여자 애가 떠내려가고 있었어 장마에 몸집을 키운 개울물이 아이를 쓰레기봉지처럼 내던졌어 버드나무는 가지를 뻗고 사람들은 발을 굴렀지 나무

와 사람의 체온이 다른 건 절망을 대하는 자세에 있다고
할까 거울이 반대편 다리를 내밀자 자동차가 빠르게 달려
왔어

　고갤 들었어 브레이크 밟는 소리에 거울이 깨지고 날개
가 부러졌어 울음을 터트리자 산이 손을 내미는 거야 산
이 나를 낳았어 얼음을 녹여 자궁을 산 거야

　바람이 나무의 연인이란 걸 한참 뒤에 알았어 사랑 없
이 곁에 머무는 건 누구도 참을 수 없는 일이거든 바람이
나무를 일으키는 거구나 아픈 나도 나를 틔우는 걸 알았
어 나를 거쳐 흘러가게 놔두는 연습은 나무처럼 해야 하
는 거였어

　'괜찮아'

　나는 해체되는 중이거든 자동차소리를 듣고 나무의 말
을 듣던 나는 이제 내가 아니야 물방울이 리본을 풀고 있
어 슬퍼하지 마 다른 옷으로 갈아입는 거니까

벌목

거목 한 그루가 잘려나가자
어린 멧새 떼가 검은 비닐봉지처럼 날아오른다
태양을 홀로 삼키고 그늘을 뱉어 어둠의 크기만큼 습기
차고 곰팡내 나던 고목의 배후

햇살을 받기 시작한 어린 아카시나무가 갑작스런 새 떼
를 받아 안고 출렁 허리가 휜다

작은 것들의 반란
날개가 있다는 것도 모르고 아장아장 걷던 수십 마리의
새 떼가 아침을 아작아작 씹어 뱉어놓는다

흔들리는 집
때를 만나면 이들도 긴 그늘을 뻗으리라

금잔화 양달개비 개망초도 기둥을 세우고
나비들도 꽃인 양 날개 돋우는 냇가
일개미 노래기가 산책길을 가로지르는 일들은
시퍼렇게 웃자란 억새가 단칼에 쓰러진 이후의 일
〉

84

태양은 스스로 기어오르는 것들 위에 머물고
냇물은 온몸을 부수며 하류로 흘러가는데
성큼 자란 아카시나무가 한 뼘씩 그림자를 부풀리고 있다

잘려나간 거목의 안부는 아무도 묻지 않았다

흙탕물의 날갯짓

웅덩이는 부러진 날개
본거지를 빼앗긴 상처 위의 거류지

달의 산책은
갓 번 목련이나 담장을 피워놓은 개나리보다
흙탕물 위에서 오래 머문다

살아내느라고 진흙구덩이가 된 물의 공혈
한 동이 슬픔이
음각된 상형문자로 말을 건넨다

바닥을 딛고 달기둥이 기지개를 펴자
물의 몸이 환해졌다

팔을 벌리면 뻗은 만큼 품도 자라
우기를 받아낸 시간들 모양대로 출렁인다

강아지풀 명아주 개망초 부화하는 멧새들
웅덩이 문을 박차고

제 방식대로 들썩여보는 첫 새벽

지상에 쪽문을 낸 우주가
푸드득 푸드득 날갯짓을 하고 있다

비밀번호

삑삑삑삑 삐익
암호가 찍힌다 다시 찍는다 다시 찍힌다 다시 찍는다
다시 찍힌다
한 번 꼬여버린 머릿속은 수백 개의 변수가 흘레붙어
흙탕물을 끼얹는다

나의 구애는
살도 뼈도 삭아버린 무형의 바람, 지구를 태양에게 내
주고 멀찍이 밀려난 낮달의 심드렁
고개 숙인 연밥 한 꼬투리 캄캄한 가슴을 두드리고 섰다
제 탓이요 제 탓이요
훤히 보이면서도 손잡을 수 없는 유리벽
암호를 푸는 일은 안개 속에서 모스부호를 하나씩 뜯어
내는 일이다

사랑도 공부하는 일과 같아서
밑줄 긋고 자주 곱씹어야 하는 것인데
궤도를 벗어난 타전은 번호키 언저리에 흠집만 내고 있다
〉

심호흡을 하고 다시 주문을 왼다

루앙프라방 탁발승의 묵직한 놋그릇 황소를 삼키고 배
가 터진 비단뱀 꼬들꼬들하게 말라가던 연잎의 묵언 붉은
가사자락 펄럭이는 서쪽 하늘

암호 밖으로 발을 내밀자
싱겁게 사라지는 문

얽어매는 건 늘 사소한 것들이었다

수화手話

판화를 찍는다
손 쓸 수도 손 뻗을 수도 없는 적막 속
손도 내미는 자세가 있어 초승달로 떠오르면 아이 머리
에 칭찬이 되고 가랑비소리처럼 토닥이면 아기의 잠투정
을 달래는,
오늘은 타는 입술 위에 사뿐, 꽃잎이다

손가락을 걸면 비밀이 싹트고 등을 돌리면 후려갈길 수
도 있는,
마음은 손끝에서 피어나는 꽃

허공에 뿌리면 달아나는 당신이 칭칭 감긴다
마술을 부리면 장미가 피어나고 비둘기가 날아다니지만
중지를 세우면 엿을 한 방 먹일 수도 있는,

오늘은 때 묻은 손을 씻기로 한다

눈 감으면
왼손이 하는 일을 오른 손이 모를 리 없다
〉

기도하는 손은 천 마디 말보다 거룩해서
뜨거운 눈물 온 영혼에 햇살무늬를 짠다

손끝에 모인 말
버려야 할 것들은 버틸 수 없는 것들에 종종 팔을 걸기
도 한다

모래부

　당신을 체에 거르면 무엇이 남을까
　얼기설기 짠 쇠망에 걸러도 앙금이 남지 않는 당신의
입자
　물을 부으면 흔적 없이 계절이 바뀌고
　모래집을 짓고 모래밥을 먹고 모래알을 낳을까

　당신에 대해 물으면 사막을 가리키고
　시를 쓰라고 하면 물끄러미를 날리고
　노래는 성글어 달리는 내내 따끔거리는 모래좌 손금

　무쇠솥에 달구면
　알밤을 익히고 겨울밤을 녹여
　불붙지 않고도 당신을 태울 수 있지만

　오늘밤 우리는 정분이 날까

　손가락을 넣었다 빼도 흔적 한 톨 딸려오지 않는 건성
체질에
　우리는 누가 먼저 입술을 내밀까
　〉

안녕하세요

성을 쌓으려 했다고요

허긴 그래요 쌓아도 모래 무너져도 모래

쥐었다 놓아도 진흙처럼 엉킬 수 없는

알잖아요, 그냥 우리 모래해요

박태기꽃

운명이 면도날처럼 스쳐갔다

언뜻 닿았을 뿐인데
가려움증은 가려움증을 부르고
통증은 통증을 일으켜
뜨거운 침묵 온몸에 회오리친다

막돼먹은 꽃이 생옻으로 타는 사이
가슴에 흠집을 내 나뭇가지에 매달았다
빨간 꽃망울이 돋아났다

물오른 나무는 뜨거운 아궁이
한 번 불붙은 나무는 우듬지까지 불쑥, 경련이다

뻥이요,
폭발음을 내며 가지마다 터져 나오는 진홍빛 튀밥들

곪았던 상처가 이불을 털면
몸집 키운 갑각류들은

탈피의 고통을 휴지처럼 구겨버리고 해변을 불긋불긋
기어 다닌다
　언제 그랬냐는 듯
　잘 여문 절기를 댕강댕강 흔들고 다닌다

　열꽃 위의 열꽃
　박태기꽃처럼 몸태질하는 사춘기가
　봄철 내내 울부짖고 있다

의암호, 꽃피다

어제는 석사천을 따라 걷다가
뼈만 남은 담쟁이가 담벼락에 매달려 있는 것을 보았다

오늘은 공지천 강둑을 서성이다가
삼악산 뒤로 사라지는 석양의 발자국 소리를 들었다

구름은 어디로 몰려가는 행렬이며
나는 무엇을 향해 달려가는 바람일까

설산을 오르는 구도자는 죽음을 무릅쓰고
늙은 어부는 한생이 저물도록 그물을 던지고 있는데
세상은 한순간도 멈추지 않고
호수 또한 겉도는 것들로 분주하다

걸음을 멈추고 의암호를 바라본다

청보랏빛 옷자락을 물위에 펼쳐놓고
호수는 낮 동안 품었던 것들을 모두 비워낸 뒤
산도라지꽃으로 활짝 활짝 피어나고 있었다

'ㄴ'의 각

백로 한 마리 먼 새벽을 응시하고 섰다
긴 다리를 한 발짝씩 엇갈아놓으며
온몸을 밀듯이 걸어가는 새

할 일을 잊은 듯
한 생을 잊은 듯

새의 시선을 따라가는 동안
그와 나 사이에 니은의 각이 생겼다

물살이 휘도는 동안 수풀더미를 한 바퀴 돌아
다시 원점을 응시하는 새

잠깐 고였다가 오래 흘러가는 니은의 뒤꼍에서
빛바랜 눈동자가 명치끝을 툭툭 잡아당긴다

아침에 놓친 것들이
저녁에도 놓치고 싶지 않은 것들이었을까

호접란 한 촉

서너 달
불덩이 같은 꽃망울 틔워놓고
핏빛 날개 하나둘 펄럭이더니
하루아침 덜컥, 고개 떨군다

저래도 되나
노을 한 필 빨래 짜듯 온몸 비틀더니
앓는 소리도 없이 노랗게 말라버린
저, 호접란 꽃대

생과 사의 문턱에서
입 틀어막고 숨죽이던 바람
까치발로 조심조심 비켜서 간다

적멸, 황홀하다

요선암*

신선을 기다리는 요선邀仙은 고요했다
억겁의 세월 동안 풍파를 이겨낸 너럭바위
물살이 회오리칠 때마다 제 몸을 깎아 항아리를 빚었으리
사람도 상처를 도닥이면 은근한 돌개구멍이 생기는 것
인데
술 취한 신선은 오수午睡에 들었는지 보이지 않고
만취한 가을만 동이마다 단풍잎을 띄워놓고
참방 참방 건너가고 있었다

* 강원도 영월군 주천면에 있는 바위.

할머니 거기 계세요?
— 청령사 오백 나한상

할머니 거기 계세요?
수십 년 전 자는 듯 출가한 할머니가
박물관 진열장에 생시처럼 앉아 있다

동글납작한 얼굴 나지막한 코 슬몃 올라간 입꼬리
명절 때면 마루 끝에 앉아 맷돌을 돌리시던 할머니
어처구니가 한 바퀴 돌아올 때마다 불린 콩을 재빠르게
떠 넣어야 하는
맷돌질은 할머니와 나의 짜릿한 놀잇감이었다
조금 늦어도 조금 빨라도 사방으로 튕겨나가던 흰 낱
알들
나는 콩알처럼 밖으로 나가려 몸을 비틀었고
할머니는 나를 붙들기 위해 옛날이야기를 시작하곤 했나

동생과 싸울 때면 욕 대신 부자 될 놈 하라고 가르치시던
감은 듯 가느다란 눈꼬리 꺼끌꺼끌한 손바닥
사람도 잘 익으면 신의 근처쯤이어서
순진무구함이란 다 비우고 가벼워진 다음에야 내리는

축복이어서
　보고 있으면 입가에 절로 번지는 나한의 미소

　눈도 코도 문드러지고 그리움만 무방비로 남은
　할머니, 거기 계세요?

4부

귓불을 아프게 잡아당기는, 방동리

방동리

　대통개산은 지금도 춘천역에서 건너오는 불빛들을 산마루에 펼쳐놓고 달의 뼈를 발려내느라 밤새도록 마을 어귀를 어슬렁거리고 있을 테다

　개학날 징검다리 돌 귀퉁이에 이마를 찧고 시내 낙원동 장외과에서 봉합수술 받던 날, 금산 뱃터까지 리어카를 끌며 허둥거리던 아버지를 훔쳐보는 것이 좋았다

　사랑방 할머니 곁에 잠든 나를 들쳐 안고 마당을 가로질러 안방까지 가는 동안 잠든 척 안겨 있던 넉넉한 품도 깨어나는 기척을 알고도 모른 체하던 아버지가 나는 더욱 좋았다

　장마는 종종 사춘기의 뱃길을 끊어놓고 막배 시간에 허둥거리던 첫사랑은 통통배에 부서지던 달빛처럼 아리고 눈부신데, 두려움은 무지에서 오고 의심에 뿌리를 박고 선다는 걸, 삶의 흔들림은 외진 산길의 생무덤이나 산작밭 깻망아지 정도가 아니라는 걸, 몰랐어도 좋았겠다
　〉

달은 마을 어귀 화챗간* 위로 휘영청 떠오르고 안마을
은 짐승 같은 산 그림자에 숯덩이처럼 캄캄해져 할머니의
옛날이야기가 밤 깊도록 쭈뼛거리던 두둑뿌리,

온몸에 옻이 올라 사경을 헤매던 과년의 겨울은 빠르게
흘러 아버지가 마중오던 산길은 시멘트길로 변했고 미음
자 옛날기와집은 흔적 없이 헐렸지만 지금도 눈을 감으면
귓불을 아프게 잡아당기는 방동리 입새 마을

엄마 닮은 백수국이 우윳빛 알전등을 둥둥 띄워놓으면,
그리는 날도 그리지 않는 날도 달은 화들짝 피어올라 방
동개울에 두 발을 씻곤 진골 선산을 지나 솔방울 줍던 마
산으로 달려갈 테다

* 상여와 그에 딸린 여러 도구를 넣어두는 초막. 다른 말로 화챗집 또는 상엿집.

깨어 있는 날개는 철썩거린다
— 석사천*1

참새는 떼를 지어 꼬리조팝나무에 앉았다 아카시나무
에 앉았다 무더기 바람을 일으킨다 개여뀌, 며느리밑씻개
는 개울물에 몸을 담갔다가 깜짝깜짝 햇살을 낚아 챈다
어린 복숭아가 봉지에 갇혀 발길질을 하는 동안 아침 해
가 동내초등학교 학부모처럼 교실 유리창을 기웃거린다

깨어 있는 날개는 철썩거린다

이슬은 거미줄을 튕겨 풀잎으로 건너가고 금계국은 쓰
러지지 않으려고 긴 목에 잔뜩 힘을 준다 피라미 은빛 뱃
살 뒤집고 머리 처박은 물오리 몇 번이고 발버둥 쳐 한 끼
식사를 물어 올린다

천지天地가 깨어나느라 들썩이는 아침
아이들도 학교 마당을 뛰며 깔깔거리고 어린 까마귀도
전봇대에 모여 깍깍거린다

다 떠나보냈다고 생각했는데 그게 아니었는지

개울물이 무너진 둑으로 뜨문뜨문 발길을 돌린다

돌부처 하나 졸다가 빙그레 물수제비를 뜬다

* 춘천시 동내면에서 공지천까지 흐르는 개천.

용대리*, 얼부풀다

　황태덕장엔 얼부푼 문장들이 이를 딱딱 맞추고 서있다 꽁꽁 언 하늘이 매바위 빙벽에 부딪혀 새파랗게 금이 갔다

　폭설은 진부령 골짜기를 하얗게 펼쳐놓고 찬물에 몸 헹군 명태들은 플라스틱 끈에 코가 꿰어 언덕배기 덕대에 바글바글 매달려 있다

　골바람이 몸뚱어리 두드릴 땐 벌겋게 살 부대끼며 밤새 울었다

　봄날 황태는 눈물 한 방울 흘리지 않는다

　매달리는 건 무릎 꿇는 일이어서 봄볕이라도 따가워지면 동태는 성난 파도와 칼바람과 퍼들거리던 옛 기억마저 뽀송뽀송 지워버린다

　힘을 뺀다는 건 경계를 뛰어넘는 일

　악다문 어금니도 풀고 속살도 푸석하게 부풀려 어느 쓰

린 속 살갑게 어루만질 요량도 생기는 법이어서 황태 한
마리 찢어진다

　뽀얀 국물엔 뻘도 부어도 내던진 한 생애가 고스란히
녹아 있다

　펄펄 끓는 국물을 마시면서도 속이 뻥 뚫리는 것은 밤
새도록 얼고 녹은 후에야 얻어낸 새벽 시구詩句처럼 칼바
람 이겨낸 용대리가 갈피갈피 우러나오기 때문이다

* 강원도 인제군 용대리.

입암리의 달

발끝에 남애항 앞바다가 넘실거렸다

문원당* 격자문에 달빛 걸어놓고 화문석에 누워 앞단추
도 풀어 젖혔다

댓잎 치는 바람 한지창에 묵향 드는데 보름달이 후끈
문지방을 넘는다

물큰한 달의 체취

나는 물오른 처용 아내

달이 느릿느릿 배꼽으로 기어오르다 훅, 입술을 덮치는
순간 나는 빛과 그늘로 두 동강이 났다

입암리가 썰물처럼 아우성이다

댓잎 화인火印 발그레 물고 나는 다만 입암리 입암리 노
래를 한다
〉

달 덮친 이야기는 쏙 빼놓고 안마당 쓰는 댓잎 소리 쏠 쏠하지요 능친다

* 입암리에 있는 대숲 싸인 한옥주택.

미시령

산은 태어나 한 번도 몸 일으켜 세운 적 없다

평생 밭갈이만 하다 늙어버린 황소처럼 마디마디 튀어
나온 등뼈를 나무채로 훑으면 드르륵드르륵 기로* 소리
가 날 것 같다

눈에 밟힌다고 다 길이 아니다

폭설이 쏟아지면 대문을 걸어 잠그는, 북쪽은 금강 남
쪽은 설악

물이 화살처럼 흘러간다는 이 고개는 이름대로 고비 고
비가 낭떠러지다

용대리로 학사평으로 차들이 급하게 꼬부라지면 앞발
구부리고 천천히 고개 드는 산

구름 속에 잠긴 산은 전생에 늙은 흰 소였다는 걸 알
겠다
〉

뿌연 입김을 내뿜으며 영겁을 되새김질하는 뭉툭한 턱
뼈를 보면

* 빨래판 같이 생긴 악기.

한계령

허리쯤이라고 할까 엉치쯤이라고 할까

인제와 양양의 경계에서 한계를 묻는다

구불구불 달려와 영마루에서 잠깐 숨 돌릴 때 그녀 헤쳐 온 길은 가파르고 아득하다

밥상 차리듯 형제봉 빚어놓고 등선대 아래 구비 구비 십이폭포 흘려놓지만 어떤 날은 기름 설거지하듯 희푸른 세제를 골짜기마다 풀어놓는다

눈보라 산등성이 휩쓸고 가면 옷자락 털어 서늘한 체취 동해로 날려 보내고 청봉은 하늘을 찌를 듯한 스테인드글라스, 보름달이라도 휘영청 능선 위로 뛰어오르면 서리꽃 새하얗게 숨 막히는 설악은 달빛 한삼을 허공에 휘뿌리며 느릿느릿 어깨춤을 능근다

어떻게든 마음을 다잡아야 한다
〉

오색이나 필례로 내려가는 길은 유혹만큼 아찔해서

나는 아직 그녀의 품안에 있다

명치쯤이라고 해야 할까 배꼽쯤이라고 해야 할까

양양

누우면 조각달이 이마 위에 걸쳐 있었네

공중제비 하던 별똥별이 2층 쪽유리창으로 뛰어들면 골목을 휘돌던 밤바람이 낙산 앞바다를 데리고 와 곁에 누웠네

북적이던 피서객을 떠나보낸 의상대는 텅 빈 절벽에 앉아 등대처럼 외로웠네

일찌감치 집어등을 켠 오징어 배는 손차양을 하고 잠깐 고개를 돌렸을 뿐 밤새도록 바다와 놀았네

낙산사 범종소리는 난간에 앉은 나를 밀어 하염없이 바다에 빠트렸네

사랑은 가까이 있으나 멀리 있으나 멀미가 났네

홍련암 마루에 엎드려 아득하게 드나드는 바다를 훔쳐보았네
〉

붉은 해가 논물에 발을 담그고 보름달이 흐드러지는 동안 열꽃이 피고 고향이 달아났네.

겹벚꽃으로 일렁이다가 조릿대로 서걱이다가 폭설에 묻혀 모든 길이 끊어졌네

사랑도 가고 한 번 돌린 고개는 돌아오지 않았네

연탄가스로 쓰러진 날은 진눈개비가 내렸고 목이 졸렸고 요의를 느꼈네

식은땀을 흘리는 동안 양양은 뼛속 깊이 나를 삼키고 두통보다 아픈 시를 뱉어놓았네

기어코 나는 양양이 되고 말았네

연鳶
— 석사천 2

백로 한 마리 잠에서 깨어난 듯 허공을 툭툭 차고 오른다

퍼드득거리는 날갯짓 소리 산 정수리가 환하다

폭설을 뚫고 돌아온 자식을 아궁이 앞에 앉혀놓고 말없
이 눈물방울을 털어주시던 어머니

돌멩이처럼 뭉친 가슴이 봄눈처럼 녹아내렸다

툭, 연줄을 끊는다

하늘 높이 떠오르는 연鳶, 꼬리를 박차고 아득하게 날아
가니 석사천도 산의 품에서 뛰어나와 북한강으로 급하게
달려간다

자식들이 한 칸 한 칸 집을 떠나간 뒤에도 어머니는 팔
을 벌려 바람의 완급을 조절하셨다
  〉

알을 깨우는 것은 수천 개의 질문이 아니라 아궁이 같은 어미의 품속이라는 걸,

　밤을 샌 문장들이 푸드득 날개를 턴다

　온몸으로 써내려가는 새의 춤사위가 석사천 아침을 울컥, 적셔놓는다

양구

이것은 오래된 뱃멀미에 관한 이야기다

생솔가지 꺾어 열댓 명분 밥을 했다 손등으로 밥물을 맞췄지만 가마솥 밥은 늘 설거나 탔다 아궁이 가득 쏟아져 나오는 매캐한 연기, 눈물콧물 비비며 까마귀처럼 걱걱거렸다

봉사단은 겨울 논바닥에 흙을 날랐고 아이들 공부를 도왔으며 밤에는 청년들과 막걸리를 마셨다 마지막 날 군용차가 길가 논둑에서 쉬고 있는 단원들을 덮쳤다 마을 청년 한 명과 대학생 두 명이 즉사했다

까마귀 소리를 내며 마을 사람들이 숙소 주변을 맴돌았다

늦은 밤 석현리에 임시 군용배가 뜨고 죽리가 시뻘겋게 눈을 비볐다

얼음에 부딪혀 배가 비틀거릴 때마다 살았다는 안도감과 살아남았다는 미안함이 출렁거렸다 하루 종일 굶었지

만 무얼 먹는다는 게 죄스러웠다

　양구를 지날 때면 지금도 까마귀가 비문증처럼 날고,
속이 울렁거리는 까닭이다

호박꽃 지다

노일리 재당고모는 어린 나이에 아들 하나 낳고 과부가 되었다 친정 머슴에게 재가한 그녀는 자식 셋 낳고 다시 과부가 되었다 데리고 온 아들은 국민학교도 못 마치고 점원이 되었고 딸들은 졸업하자마자 방직공장으로 떠났고 막내는 학교에 들어가서도 마른 젖을 물고 살았다

급히 아이 맡길 곳을 찾다가 전화를 걸었다 수십 년 찬모살이도 그만두고 임대아파트에서 홀로 체머리를 흔들고 계셨다

그 시절 나는 긴 장마였다 하루건너 소낙비가 내렸고 천둥이 쳤다 그녀가 당뇨라는 것도 매일 일당을 드려야 한다는 것도 생각 못 했다 사흘 만에 애 보기는 끝났지만 고단한 시집살이를 들킨 것 같아 명치가 무거웠다

재당고모 장삿날, 큰딸은 팔봉산 부근에서 수만 평 인삼밭을 가꾸는데, 펜션에도 손님이 끊이지 않는다고 자랑을 했다

〉

오뉴월 장마에 호박꽃 진다

덩치 큰 꽃송이가 비 몇 방울에 떨어지는 건 지켜야 할
열매가 없기 때문이란다

오대산 선재길

상원사 문수보살이 빙그레 웃는다

문수전 아래 고양이도 몸을 떠는 늦가을

서둘러 밤이 내려오고
지혜를 찾아 떠난 선재동자도 급히 하산하고 있다

오르는 이나 내려오는 이나
지혜는 얻는 것이 아니라
제 안의 것을 끄집어내는 것

계곡물에서 걸어 나오는 비로毘盧가
저녁 햇살에 붉다

당산나무, 금줄을 끊다

캄캄한 눈보라 속에선 한 그루 나무도 경적警笛이다

통통배는 서상리 뱃터에 낯선 어둠을 내동댕이쳤다 눈
보라는 거뭇거뭇 튼 살을 흰 무명치마 속에 감춰놓고 레
미콘처럼 눈 폭탄을 쏟아 부었다 한 발 내디딜 때마다 하
늘과 땅이 회전판을 돌렸다 논두렁에 빠지고 도랑을 기어
오르며 이미 알던 것들이 콘크리트처럼 빛을 잃었다

눈에 홀리면 죽는다는 말이 스카프처럼 목에 감겼다

울긋불긋 손깃발을 펄럭이며 고동을 울리는 나무

어둠 속에서 어슴푸레 실금 하나가 눈밭 위에 그려졌다

으스스했던 당산나무가 금줄 하나 끊어놓자 모든 길이
펄럭였다

기준도 방향도 없는 편견 하나 뒤집는 일이 환상을 깨
는 일보다 무거웠다

신남하숙집*

손바닥을 펼치면 네댓 평 하늘이 다 가려졌다

오가는 버스가 모두 들러 가던 이곳 아이들의 장래 희
망은 차장이었다

하숙생들은 같은 밥상에서 밥 먹고 같은 교문을 드나
들며 같은 수돗가에서 세수를 했다

공중목욕탕이 없는 마을 학교 숙직실 가마솥에선 일요
일마다 목욕물이 설설 끓었다

두어 평 하숙방엔 애인과 도망쳤던 친한 동생이 며칠
묵어갔고 남편 몰래 첫사랑을 만나곤 가슴이 아려 들렀다
는 어느 문인도 하룻밤 자고 갔다

위장병에 시달리던 동두천 이모가 아예 꿀 장사를 해보
겠다고 찾아왔던 하숙집엔 무당 엄마와 새아빠를 피해 서
울 공장으로 간 아이의 편지가 울고 있고 연탄가스로 응
급실에 실려 갔다는 자취생 소식에 택시 잡으러 뛰어가던

발자국소리도 남아 있다

  난데없이 프리지어 꽃다발을 들고 와 대절 택시비 내라는 44번 도로, 신남하숙집이 차창으로 뛰어들어 미시령 터널까지 함께 달려갔다

* 강원도 인제군 남면 신남리.

두둑뿌리*

올해는 씨알 굵은 게 제법 달려 있다고, 직주구리를 먹
어도 들큰하고 구수하다고, 때를 놓치면 까치가 다 따먹
고 입에 들어갈 게 없다고

새벽 번개시장 가느라 옥수수광주리 이고 통통배 기다
리던 엄마가 전화통에 대고 이 빠진 소리를 내지른다

"아츰 해가 똥꾸녕을 찌르눈데 아적두 자구 있냐!"

귓전에 맴도는 먼 통통배 소리

* 춘천시 서면 방동리 입구마을.

존재사건의 언어

— 송병숙 시집 『뿔이 나를 뒤적일 때』 읽기

오민석(문학평론가·단국대 교수)

1

존재는 시간과 공간에 따라 수시로 망각의 강에 빠진다. 레테의 강물은 기억을 지우고, 유토피아를 지운다. 존재 망각의 상태에서 진리와 역사는 존재와 함께 은폐된다. 이러할 때, 시의 언어는 죽은 강물을 두드려 사라진 기억을 소환한다. 뮤즈가 망각의 윤슬 위에서 노래를 부르면, 얼어붙은 존재가, 화석화된 사물이 꿈틀거리며 살아난다. 시의 언어는 이렇게 은폐된 존재를 탈은폐하는, 존재사건(Ereignis; 生起)(M. 하이데거)의 언어이다. 시인은 존재 사건의 주체로서 존재를 불러내고, 존재는 시인을 부른다. 송병숙은 무엇보다도 먼저 망각 상태에 있는 존재에 주목한다. 그것은 고체화된 시간이며, 정지된 공간이다. 송병숙은 망각 시간과 망각 공간의 모서리를 파고든

129

다. 그녀는 얼어붙은 망각의 강에 실금을 내고, 죽은 실핏줄에 온기를 불어넣으며 존재들을 불러낸다. 이런 점에서 그녀의 시는 존재사건의 언어이다.

입을 벌린다
돌의 과거는 출렁이는 새의 날갯짓, 갓 태어난 짐승의 비틀거림, 흔들리는 나뭇가지 끝에 매달린 이슬방울
햇살은 바스러지고 무너지는 것들을 찾아다니며 붉은 도장을 쾅쾅 찍어놓는다

돌의 위장을 휘저으면
하늘 높이 솟구쳤다가 폭포처럼 쏟아져
바닥에 쌓이는 당신
비가 와도 바람 불어도 어디다 내다버릴 수 없는 절대 저장증

온몸에 갇힌 당신들이 아픈 손을 휘젓는다
정체성을 버린 나무가 그 손을 잡는다
시간이 토막 나고 기억이 토막 나고 뜨겁게 소용돌이치는, 돌의 몸은
나무의 품에서 폭발한다

켜켜이 들어찬 당신
만남도 이별도 분별없는 혼돈 속에서
놀란 뼈들이 흩어져 우주의 중심을 흔들어놓는다

응고된 기억 속에
하늘과 땅, 뼈와 살, 빛과 어둠이 회오리친다
신에게 닿지 못한 나무의 체위는 물고기였다가 날짐승이었다가
목구멍 가득 찬 사금파리
나무는 세포마다 돌의 살을 다져 넣고
제3의 성으로 다시 태어난다
—「돌의 호더스증후군 ─ 규화목」전문

    돌 속에는 온갖 존재들이 갇혀 있다. 돌은 탐욕스럽게
온갖 존재들을 모아 그들의 움직임을 죽인다. "돌의 과
거"에는 존재들의 "날갯짓", "비틀거림", 바스러지고 무너
지는 모든 것들이 정지되어 있다. 송병숙은 이 완강한 망
각의 "위장을 휘저"어 흐르게 한다. 그녀의 언어가 돌의
존재 망각 상태를 건드릴 때, 존재는 "하늘 높이 솟구쳤
다가 폭포처럼 쏟아져" 현존재(Dasein)로 귀환한다. 죽은
시간과 죽은 공간이 살아날 때, 망각에 "닫힌 당신들이",
"정체성을 버린 나무"가 돌아온다. 그녀의 언어는 이렇게
"응고된 기억"을 액체화하는, 존재사건의 언어이다.

    물고기 한 마리 꼬리를 친다
꽁꽁 언 가슴이 출렁, 실금이 간다

놀란 듯 성난 듯 입을 쩍 벌린 채 화석이 된 물고기
활처럼 휜 등뼈와 참빗 같은 잔뼈 사이
육탈한 말의 뼈가 댕강댕강 미끄러진다

절명의 순간을 잡아챈 돌의 발톱

화석에서 붉은 새 한 마리 날아오른다
하늘과 땅이 뒤섞여 회오리치던 우주의 낭떠러지에서
공포로 떨던 한 줌의 목숨

어디서 와서 어디로 가는가
정적을 깬 물음에 바람이 인다
―「침묵」 부분

　송병숙의 시선은 (이토록 빈번하게) 은폐된 망각의 공
간에 가 있다. 그녀는 화석화된 시공간에 갇혀 있는 존재
를 탈은폐화한다. 그녀의 언어는 망각의 각피에 "실금"을
내는 언어이다. 그는 "꽁꽁 언" 기억의 강을 뚫고 "절명의
순간"을 끄집어낸다. 레테의 강물에 손이 닿기 전, 모든
존재는 얼마나 다양한 움직임으로 생생하게 살아 있던가.
그녀는 존재를 현존재로 끄집어낸 후, "어디로 와서 어디
로 가는가"라는 실존의 질문을 던진다. 이런 점에서 그녀
의 시는 사라진 존재의 "정적을 깬 물음"이다. 화석에서
날아오르는 "붉은 새"는 존재의 귀환을 상징한다.

'싫다'는 물의 방향으로 기운다
버들가지 물오른 우듬지 끝이거나 제비꽃 연보라 대롱 안

그러니까 꽃은 '싫다'의 절정
뜨거운 물의 외연

청둥오리가 물의 몸을 쓰다듬는다
물갈퀴 사이 두 개로 나뉜 물은
동글동글 대면하고 그물처럼 얼크러지지만
생채기 없이 서로의 손을 놓는다

… (중략) …

슬픔을 데리고 길바닥에 주저앉으면
외양을 바꾼 물은 흔적 없이 증발하고
바큇자국에 오래 머물러 있으면
거품이 부글거리거나 날벌레가 꼬이는
'싫다'의 배후

… (중략) …

멈추지 않는 '싫다'
방향을 바꿀 뿐, 늙거나 죽지 않는다
　　　　　　　　—「'싫다'의 방향」 부분

존재를 망각의 화석 속에서 불러내는 것은 (프로이트식으로 말하자면) 생명 욕동(drive)이다. "싶다"는 생명 욕동의 기표이다. "물의 방향"은 생명의 벡터이다. 18세기 프랑스의 생리학자 비샤(M. Bichat)의 말에 따르면, 생명이란 "죽음에 저항하는 기능들의 합체"이다. 생명은 기관 없는 신체에 기관을 만들며 항상 다른 '무엇-되기'의 과정에 있다. 뿌리는 잎이 되고 싶어 하고, 잎은 꽃을 피우고 싶어 한다. 꽃은 씨앗이 되고 싶어 하고, 씨앗은 새싹을 내고 싶어 한다. 존재는 생명 욕동으로 충만한 움직임이다. 그것은 '무엇-되기'의 탈주선을 달리며 끝없이 무엇이 되고 '싶어' 한다. 그러므로 "멈추지 않는 '싶다'"라는 시인의 말은 생명 욕동에 대한 정확한 설명이다. 그것은 "방향을 바꿀 뿐, 늙거나 죽지 않는다". 그것이 죽는 것은 그것이 늘 망각 속에 은폐되기 때문이다.

2

제1부의 시들이 이렇게 존재 사건과 연루된 존재 소환의 이야기들을 담고 있다면, 제2부의 시들은 '생기된' 존재들의 실존을 다루고 있다. 제2부의 시들은 모두 "구멍"이라는 부제를 갖고 있는데, 시인에게 있어서 "구멍"은 존재의 실존적 공간이다. "구멍"의 존재들은 시간 속에서 존재 질문을 던지는 현존재들이다.

새는 하루 종일 생각 없는 새가 되고 배고픈 새가 되고 불쌍한 새가 되고 날갯짓을 그만두지 못하는 새가 되었다 하늘을 갖지 못한 새는 이름을 버리고 공포에 떠는 한 마리 짐승으로 추락했다

보이지 않는 밧줄이 숨통을 조이는 화랑

푸른 하늘과 초록 날개가 채집된 액자 속에는 작은 짐승 한 마리 분주히 펄럭이고 있다
―「새 ― 구멍 3」 부분

존재자는 시간-구속성 속에 존재한다. 망각에서 소환된 존재는 언제든 다시 망각의 그물에 포획될 수 있다. 존재의 생기(존재사건)를 다룬 시들에 바로 이어 송병숙이 이런 풍경을 보여주는 것도 이런 이유 때문이다. 그렇다면 그녀에게 있어서 존재(자)의 실존은 망각과 생기 사이에 있다. 박제화된 풍경 속에서 "펄럭이"는 새는 실존의 또 다른 모습이다. 그러므로 실존은 존재 망각과 존재사건 사이에 걸쳐 있다. 실존은 이렇게 두 개의 대척점들 사이에서 움직인다. 그것은 죽음에 저항하며 생을 기획하고 실천한다.

햇살은 목덜미에 닿아
순한 아기처럼 벙긋거리고

감사함 외에 더 구할 것이 없는 아침
한 채의 평화가 대낮 같은 집을 짓는다

목을 늘여 햇살 줍는 수컷의 콧등 위에
사랑을 방해하지 않는 꽃받침의 흥얼거림

뜰 안 가득 뻐꾹 향기 그물을 펼칠 때
뭉게구름이 앉았다 가는 작은 웅덩이에는
소금쟁이 혼자서 미끄럼을 탄다
　　　　—「뻐꾹나리 — 구멍 4」 부분

　　　　　

"뻐꾹나리"는 여러해살이풀의 이름이지만 음성적 측면
에서도 생명의 넘치는 소리를 들려준다. "뻐꾹"의 신명 나
는 새소리(청각)와 "나리"의 환한 꽃 이미지(시각)가 합쳐
지면서, 이 시는 제목에서부터 죽음 혹은 망각과 정 반대
편에 있는 생명 욕동을 느끼게 한다. 이 작품은 아무런 방
해나 장애도 없이 충만한 생명의 노래를 부르는 자연을
그려낸다. 죽음의 축이 없는 생명의 풍경은 이렇게 평화
롭고, 고요하며, 아름답다. "감사함 외에 더 구할 것이 없
는 아침"이야말로 지복(至福)의 상태가 아닌가.

　　먹방을 본다

좋아요 놀라워요
식탐도 없이 게걸스럽게 구겨 넣는

인간의 극한은 어디까지일까
… (중략) …

21세기에 되살아난 옥이는
씨종처럼 아기씨처럼 부추기는 클릭 앞에서
쓰레기통인 양 음식을 입안에 쓸어 넣고 있다

먹을 것이 넘쳐나도
채워지지 않는 이 시대의 허기

가학과 자학의 야합으로
먹다가 먹이다가 허기에 체해 사경을 헤매는
먹방의 노예들
　　　—「떡 — 구멍 7」 부분

　21세기의 "구멍"은 결핍이 아니라 욕망의 과잉 때문에
생겨난다. 욕동이 실재계(the Real)의 것이라면, 욕망은
상징계(the Symbolic)의 것이다. 라캉(J. Lacan)의 말대로
"인간의 욕망은 (상징계의) 대타자의 욕망이다." 이런 점
에서 위 작품이 보여주는 것은 '생명 욕동'이 아니라 자본
주의 시스템의 대문자 아버지가 만들어낸, 사회화된 '욕

망'이다. 실존 공간인 "구멍"에서는 이렇게 생명 욕동, 죽음 욕동, 사회적 욕망이 존재를 가로지른다.

청평사 회전문에 올라섰다
…(중략)…

전각문을 여닫는 동안
구멍은 함몰이자 돌출이라고
낯빛을 바꾼 산이 어둑어둑 등을 떠민다

골바람이 마당 끝 층계까지 따라와 앞을 막는데
절은 손을 내밀지도 내치지도 않는다

들고 나는 것, 구멍의 일이 아니었다
─「회전문에 들다 ─ 구멍 11」 부분

실존 공간은 '비(非)-전체(not-all)'의 공간이다. 그것은 온전히 생명 욕동의 공간도 아니고, 죽음(망각) 지배의 공간도 아니며, 오로지 욕망의 공간도 아니다. 그것은 욕동과 망각(죽음)과 욕망이 환유적으로 겹쳐 있는 공간이다. 그러므로 송병숙은 "구멍은 함몰이자 돌출"이라고 말한다. "구멍"의 실존 공간은 들고 나감에 따라 존재의 한 축이 다른 축으로 완전히 바뀌는 곳이 아니다. 그러므로

"들고 나는 것"은 "구멍의 일이 아니"다. 존재는 존재 사건을 통하여 인간에게 다가오지만, 그것에 손을 내미는 인간을 받아들이지도 내치지도 않는다. "청평사"의 "회전문"에 대해서는 다양한 해석들이 있지만, '윤회전생(輪廻轉生)'의 의미를 담은 문이라는 주장도 있다. 이 작품에서 "청평사 회전문"은 상징계의 대타자 담론에서 조금 비켜난 곳에 있다. 그것은 사회적 욕망을 일정 정도 걷어낸 공간의 구조물이다. 이 상대적 자유의 각도에서 실존 공간의 환유성이 제대로 보인다.

3

이 시집의 제3부는 "꽃 뒤의 꽃, 저 봉두난발"이라는 제목이 암시하는 것처럼 생명 욕동의 축제로 요란하다. 여기에서는 죽음과 생명이 부딪히고, 허무와 충만이 뒤섞이며, 시작과 끝이 뫼비우스의 띠처럼 이어져 있다.

바람이 나무의 연인이란 걸 한참 뒤에 알았어 사랑 없이 곁에 머무는 건 누구도 참을 수 없는 일이거든 바람이 나무를 일으키는 거구나 아픈 나도 나를 틔우는 걸 알았어 나를 거쳐 흘러가게 놔두는 연습은 나무처럼 해야 하는 거였어
'괜찮아'
나는 해체되는 중이거든 자동차소리를 듣고 나무의 말을 듣던

나는 이제 내가 아니야 물방울이 리본을 풀고 있어 슬퍼하지 마
다른 옷으로 갈아입는 거니까
　　—「구름 일기」부분

　"구름"은 변화무쌍한 형태변용(metamorphosis)의 대
표적 기표이다. 이 작품은 존재를 연속체의 벨트 위에 올
려놓음으로써 '무엇-되기'의 과정에 있는 "나"를 이야기
한다. "해체되는 중"인 "나"는 변화하는 나이며, 하나의
'모든 것'으로 환원되지 않는 '비-전체'의 나이다. 송병숙
시인이 볼 때, 실존은 이렇게 (환유적으로 겹쳐 있는) 죽
음(망각)-삶-죽음의 궤도를 "흘러가게 놔두는" 각도에서
포착된다.

　꽃 진다
　한철 눈물겨운 만화방창이더니
　누가 후려친 듯 뛰어내리는 저 봉두난발

　꽃은 멸滅이자 생生
　재채기 하듯 하르르 하르르 경계를 허무는 꽃의 종말은
　난분분 터져버린 빛의 상형문자
　부화한 수억 마리 나비 떼가 날개를 반짝거린다

　가슴 쿵쿵 치며 쏟아져 내리는

140

저 꽃 뒤의 꽃

꽃의 환골탈태는 마지막 고해성사처럼 비장하다
―「꽃 뒤의 꽃」부분

"꽃은 멸滅이자 생生"이라는 화두야말로 존재 사건을
거친 시적 화자의 실존-인식을 잘 보여준다. "꽃의 종말"
이 사멸이 아니라 '다른 꽃', "꽃 뒤의 꽃"이라는 인식은
인접성을 강조하므로 매우 환유적이다. 꽃은 죽어서도 꽃
으로 남되, 죽음 이전과는 다른 꽃으로 다시 존재한다. 꽃
의 종말이 "환골탈태"인 것은 그것이 전혀 다른, 그러나
"꽃"으로 피어나기 때문이다. 이것이야말로 이중의 존재
사건이 아닌가.

이 시집의 제4부는 "방동리"라는 특정 장소에 얽힌 시
들을 모아놓았다. 미셸 드 세르토(M. de Certeau)에 의하
면 장소(place)와 공간(space)은 다르다. 장소는 "위치들
(positions)의 즉각적인 배열체"로서 추상적, 중립적, 기하
학적 지도처럼 '안정성'을 가지고 있다. 장소가 공간으로
바뀌는 것은 주체의 개입에 의해서이다. 주체가 자신만의
고유한 방향과 속도와 시간의 벡터들을 장소 안으로 끌
어들일 때 비로소 공간이 탄생된다. 말하자면 장소는 주
체에 의해 공간으로 재해석되고 전유(專有)된다. 장소는

누구에게나 동일한 길이와 넓이를 가진 고유명사로 존재한다. 공간은 주체에 의해 전유된 장소, 세르토에 의하면 "실천된 장소(practiced place)"이다. 춘천시 서면에 있는 "방동리"라는 '장소'는 이 시집에서 송병숙 시인에 의해 철저하게 '공간'이 된다. "귓불을 아프게 잡아당기는, 방동리"라는 4부의 제목처럼 방동리는 지도상의 중립적 장소가 아니라, 시인을 놔주지 않고 질질 끌고 다니는 공간이다. 시인은 열네 편의 시들을 통하여, 방동리를 중심으로, 용대리, 입암리, 미시령, 한계령을 넘어 강원도 양양, 오대산, 양구, 신남을 돌아다닌다. 춘천을 중심으로 확대된 강원도의 이 중립적 장소들은 시인의 개입에 의해 철저하게 새롭고 독특한 공간으로 해석되고 실천된다. 그곳은 유년(과거)에서 현재로 이어지는, 존재의 현사실성(現事實性 facticity)을 보여주는 '현재완료'적 공간이다. 시인은 이 강원도-공간을 두루 돌면서 자기 존재의 궤적을 밟는다. 말하자면 시인은 현존재로서 장소를 공간화하면서 계속해서 존재 질문을 던진다.

상원사 문수보살이 빙그레 웃는다

문수전 아래 고양이도 몸을 떠는 늦가을

서둘러 밤이 내려오고
지혜를 찾아 떠난 선재동자도 급히 하산하고 있다

오르는 이나 내려오는 이나
지혜는 얻는 것이 아니라
제 안의 것을 끄집어내는 것

계곡물에서 걸어 나오는 비로毘盧가
저녁 햇살에 붉다
　　—「오대산 선재길」 전문

　이 시는 실천된 장소로서의 공간 안에서, 존재 물음을
던지는 현존재의 모습을 고요하게 보여준다. 존재는 공간
을 오르거나 내려오면서 질문을 던지고, "지혜는 얻는 것
이 아니라 / 제 안의 것을 끄집어내는 것"이라는 답을 얻
는다. "저녁 햇살"에 붉은 "비로毘盧"는 그런 현존재의 빛
나는 현현의 순간을 보여준다.
　이렇게 보면, 송병숙은 존재 망각의 사태에서 존재를
불러내고(존재사건!) 그것에 실존적 질문을 던지는 시인
이다. 그녀가 살려낸 가장 활력 있는 실존은 춘천을 중심
으로 한 강원도-공간 속에서 현재완료태로 존재한다. 이
시집은 이렇게 망각-소환(생기)-현사실성의 연속체를 건
드리는 존재사건의 아름다운 언어로 구성되어 있다. 🔚

뿔이 나를 뒤적일 때

1판 1쇄 발행	2021년 12월 15일
지은이	송병숙
발행인	윤미소
발행처	(주)달아실출판사
책임편집	박제영
디자인	전형근
마케팅	배상휘
법률자문	김용진
주소	강원도 춘천시 춘천로 257, 2층
전화	033-241-7661
팩스	033-241-7662
이메일	dalasilmoongo@naver.com
출판등록	2016년 12월 30일 제494호